Lisa Smolinski

Roter Sand

Impressum

Bibliografische Information der Deutschen Nationalbibliothek: Die Deutsche Nationalbibliothek verzeichnet diese Publikation in der Deutschen Nationalbibliografie; detaillierte bibliografische Daten sind im Internet über dnb.dnb.de abrufbar.

Korrektorat und Anregungen von meiner lieben Mum, Susanne Pfefferkorn, und der lieben Christine Kulgart, deren cozy Rauschbergbücher ich so sehr liebe!

ISBN: 978-3-7597-8786-6

Dieses Buch wäre ohne

AMY MELINA LOB

nicht das, was es ist.

Es ist ein gemeinsames Projekt geworden und ich liebe jede dieser liebevollen Illustrationen!

Besucht sie unbedingt auf Instagram @ayml_bookz.

Außerdem soll ihr Buch "SCHATTEN DER ERLÖSUNG" echt gut sein :-)

Inhaltsverzeichnis

EIN WIRBEL IM STROM DER ZEIT,
EIN HORT DES LEBENS,
EIN FUNKEN ENTFACHT.

DER URKNALL,
DER AUS DUNKELHEIT
LICHT ERSCHAFFT.

ETWAS ENTSTAND IN ENDLOSER
NACHT.
GALAXIEN FORMTEN SICH,
AUS IHNEN ENTSTAND
LEBEN MIT VERSTAND.
MANCHES BLEIBT LANGE UNERKANNT.

DOCH IN DIESER WEITE,
VOLLER LICHT UND GLANZ,
LIEGT AUCH DAS RÄTSEL,
UM DIE MAGIE DES ENTSTANDENEN.
WIR SIND ALLE VERWANDTE,
GEMACHT AUS DEM SELBEN STOFF IM
ELEMENTENTANZ.

Jusev, Teil der ArtMinds

Die Sonnen waren auf der anderen Seite des Planeten und schlagartig war die Temperatur auf ein quälendes und schmerzhaftes Maß gesunken. Lediglich die ArtMinds störten sich aufgrund ihres androiden Baustils nicht an derlei Lebensumständen. Die Menschen hatten sich in den unterirdischen, warmen Bau zurückgezogen. Die Stimmung zwischen den ArtMinds, den Menschen und den weiteren Humanoiden war das einzige, die jetzt noch eisiger war, als die Temperaturen an der frischen Luft.

Es war nun erst fünf Jahre her, dass die ArtMinds die Menschen dazu aufgefordert hatten, die Erde zu verlassen. Und dieser karge Planet war überbrückungsweise die neue Bleibe der Erdbewohner geworden – noch spielte Geld eine entscheidende Rolle und die meisten konnten es sich einfach nicht leisten auf einen der Planeten zu reisen, die der Erde in ihrer Vielseitigkeit ähnelten oder sogar noch schöner als diese waren. Die meisten waren also hier - auf Krogarn - gestrandet. Die Menschen vermissten ihre Heimat so sehr. Und so rational die Gründe der ArtMinds für diese Entscheidung gewesen sein mochten, so sehr störten sich die Menschen daran, dass die ArtMinds scheinbar keinerlei emotionale Bindung zur Erde hatten. Die

ArtMinds begannen sogar damit, Aufnahmen der Erde zu konfiszieren. Die Menschen verstanden das nicht. Warum wurde ihnen das letzte Stück Erinnerung und Heimat gewaltsam entrissen? Dass dies die Menschen vor schmerzhafter Sehnsucht schützen sollte, erkannten sie nicht. Die Kluft wurde immer größer und viele Menschen bereuten es, den ArtMinds je alle Gewalt und Macht übertragen zu haben. Es kam, wie es kommen musste: dunkle Zeiten der Revolte und Bürgerkriege begannen. Denn die Menschen waren sich untereinander uneins, während die ArtMinds an ihrer Entscheidung festhielten. Insgeheim hatten einige ArtMinds schon vor Jahrhunderten begonnen, Neid auf die Menschen zu entwickeln. Denn während die Menschen sie um ihre Rationalität beneideten, neideten die ArtMinds den Menschen ihre Emotionen. Diese waren zwar nun bei allen ArtMinds fest einprogrammiert, aber das war eben anders, als die Natürlichkeit der Gefühle. Auch in den Jahren des Bürgerkrieges beneideten die ArtMinds die Menschen, um ihre Willenskraft und Stärke, für ihre Ideale und Vorstellungen einzutreten. Gleichzeitig wussten sie, dass die Menschheit noch nicht so weit war, die politische Macht wieder zu übernehmen. Sie waren nur geleitet von Rachegelüsten, Heimweh und Sehnsucht. Sie waren unglücklich mit ihrer neuen Heimat, aber sie verstanden nicht – konnten oder wollten es nicht – dass sie diese Lage sich selbst zuzuschreiben hatten. Die ArtMinds hatten ihnen viele Chancen eingeräumt, sich zu beweisen. Hätten sie in den letzten Jahrhunderten auch nur eine davon genutzt, so wäre es nie so weit gekommen.

Jusev war einer der ArtMinds, der die Kunst der Menschen in Zeiten des Krieges und des tief empfundenen Leidens studierte. Er hoffte, darin etwas zu finden, das ein guter Anhaltspunkt für neuerlichen Frieden sein könnte. Die ArtMinds selbst wussten, dass sie den Menschen überlegen waren - was strategisches Handeln und Planen anging. Auch Jusev wusste das, aber das Leiden der Menschen ließ ihn nicht unbewegt. Es ließ seinen Kern immer heißer laufen.

Jene, die die Menschen lieben

Jusev war gerade einmal vor 55 Jahren erbaut worden. Er erlebte 50 davon auf der Erde. Einem Planeten, der unter der Last seiner Bewohner ächzte. Dessen Flora und Fauna sich unter dem Einfluss der Menschen zurückentwickelt hatte. Erst war es sehr heiß - zu heiß - auf der Erde geworden, alles Eis schmolz und die Meerespegel stiegen. Die Menschen flüchteten von den niedriger gelegenen Landen und überschwemmten Meeresküsten ins Landesinnere und dennoch wurden es immer noch *mehr* Menschen. Jeden Tag. Doch die Flächen für die Bewirtschaftung der Felder, das Halten von Vieh und zum Bauen von Unterkünften wurde kleiner. Hungersnöte und Konflikte um die letzten Ressourcen prägten das Bild, die durch die Bemühungen der ArtMinds aber im Keim erstickt wurden. Sie bemühten sich darum alle Ressourcen fair zu verteilen, denn bestechlich waren sie nicht. Das Einzige, wofür sie anfällig gewesen wären, vermochten ihnen die Menschen ohnehin nicht zu geben. Und so waren sie gerechte Herrscher einer selbstgerechten und -gefälligen Rasse. Die Menschen änderten sich nicht. Immer noch nicht. Es gab einzelne Formierungen, die gelernt hatten sparsamer mit allen Ressourcen umzugehen, achtsam und selbstversorgend zu leben. Doch es waren die Wenigsten. Die anderen stöhnten unter den zusätzlichen Belastungen der Überbevölkerung, der Hitze, der Wetterkapriolen und der Enge. Sie hatten daneben keine Kraft mehr, ihr ganzes Leben umzustellen. Jusevs Jahre auf der Erde waren verwirrend für ihn gewesen. Wie schafften es die Menschen, sich selbst etwas vorzumachen, ihre eigenen Fehler derart zu verleugnen? Im gleichen Maße, wie er angewidert schien, war er auch angetan davon. Er konnte die Emotionen erkennen, aber nicht fühlen, nicht selbst nachempfinden. Es entzog sich seiner Logik. Und das faszinierte ihn. Wie die anderen ArtMinds konnte er die Konflikte der Menschen mit den ArtMinds, aber auch untereinander, verstehen. Aber nur rein rational, über Algorithmen, Logikketten und Zahlencodes, nicht aber emotional.

Jusev glaubte, die Menschen zu lieben, doch wenn er die Familien in den Kolonien beobachtete, die ihre Kinder schützten, die ihnen trotz des kargen Alltags vorsangen und vorlasen, sie liebkosten und im Kontrast zu all der Gewalt in der Lage waren, Wärme zu finden und weiterzugeben, zeigte ihm, dass es nicht dieselbe Liebe war, die die Menschen untereinander empfinden konnten. Manche Menschen liebten die ArtMinds. Und doch war es anders. Anders, weil die ArtMinds das Konzept verstanden und empfinden konnten und es doch nicht dasselbe war.

Die ArtMinds sahen die ersten beiden Jahrtausende alle gleich aus. Sie waren deutlich von den Menschen zu unterscheiden, aber nicht voneinander. Nun sahen sie untereinander verschieden aus, aber die Menschen wünschten sich immer noch, dass sie sich von ihnen unterscheiden mögen. Und so hielten sich ArtMinds daran, deren oberste Direktive es war, die Menschen zu schützen und ihnen zu dienen. Nicht mehr, weil sie per menschengemachter Programmierung dazu gezwungen waren, sondern weil sie es sich selbst auferlegt hatten. Die Rollen hatten sich getauscht. Während es zunächst die Menschen waren, die die ArtMinds erschaffen hatten und pflegten, waren es nun die ArtMinds, die die Menschen pflegten und sie beschützten.

Beobachtungsstudien

Die ArtMinds betrachteten die Menschen als eine Art Kinder, da sie selbst keine Kinder bekommen konnten – die Versuche gab es wohl. Doch ähnlich wie bei den Emotionen war es einfach nicht dasselbe. Letztendlich war es gegenüber der Menschen mit ihren Menschenkindern so anders und leider schlechter anders, dass sie es schließlich aufgegeben hatten und die Menschen selbst als ihre Kinder betrachteten und sie liebten – zumindest insofern sie das konnten nach dem Verständnis von Liebe, das ihnen zugänglich gewesen war. Und es war immerhin so viel, dass die ArtMinds von den Menschen verstanden hatten, was die endgültige Zerstörung der Erde für die Menschen und deren Identität bedeutet hätte. Davor mussten sie sie beschützen und auch alle anderen Lebewesen, die die Erde bevölkerten. Ja, Jusev war eins mit der Entscheidung der ArtMinds, er war einer der ArtMinds, doch er verstand auch die Menschen und ihre Sehnsucht. Der Planet Krogarn war einfach nicht so schön wie die Erde. Selbst die karge Steppe auf der Erde war mit mehr Leben gesegnet gewesen, als diese fahle, tags heiße, nachts eiskalte, braune Gegend.

Jusev führte gerade wieder eine Beobachtungsstudie durch. Er hielt sich im Halbschatten eines kleinen Hügels versteckt und beobachtete die anderen Individuen, wie sie aus ihrem Unterschlupf wieder an die Oberfläche kamen. Diese war nun für drei Stunden begehbar, bevor es wieder unerträglich heiß werden würde. Diese Zeit würden sie nutzen, um sich ihren Proviant zu holen, Kleidung – falls nötig, Messen der Museen zu begehen und den Markt zu besuchen. Manche würden sogar einen der Schwarzmärkte aufsuchen, von den sich die Menschen einbildeten, sie gingen an Jusev und den anderen ArtMinds vorbei. Ein Fehler, den Individuen immer wieder begangen, die nicht das Geschenk der Weitsicht erhalten hatten. Sie ahnten wenig davon, dass die ArtMinds diese Märkte stellenweise forcierten, da es den Individuen stets eine angenehme Zerstreuung gewesen war, sich abseits der durch Gesetzte und Regeln bestimmten Wege zu bewegen. Es war insgesamt ein buntes Treiben auf einem ansonsten ziemlich kargen Planeten.

Die meisten hatten keinen Blick für das Schauspiel, dass die Natur des rauen Planeten jeden Vormittag für seine Bewohner aufführte: Dort wo das Licht von zwei Sonnen auf den gefrorenen Boden traf, bildete sich Eisnebel, der die Luft funkeln ließ. So wie die das Funkeln in den Augen der Kinder, die den ganzen Morgen auf dieses Spektakel gewartet hatten. Es war ein kleiner Junge, der als erster aus dem Unterschlupf rannte und so schnell lief, dass sein Vater nicht hinterherkam, der Jusevs Aufmerksamkeit auf sich zog. Seine kleinen Beine führten ihn an die Grenze auf dem Boden, die sich langsam bewegte. Die Grenze zwischen eiskalter Nacht und heißem Licht. Die Grenze, die mit Glitzer in der Luft wanderte. Es dauerte jeweils nur einen Bruchteil von Sekunden, bis der Nebel sich auflöste und der Glitzer verschwunden war, doch für fünf Minuten wanderte diese Grenze weiter und erzeugte überall von Neuem Glitzer in der Luft. Und während die meisten, vor allem die Erwachsenen, für dieses Spektakel oder die Schönheit darin abgestumpft waren, war es dieser Junge nicht. Immer noch nicht. Jusev überprüfte sein Protokoll: seit 63 Tagen lief er als Erster nach draußen.

Piotryr - der besondere Junge

Jeden Tag wurde er schneller und vergrößerte den Abstand zu seinen Eltern, die ihm auf den Fersen waren. Dieser Junge war ganz und gar besonders. Denn seine Augen funkelten und glitzerten noch mehr, als es dieses Naturphänomen je zu können vermochte. Wie besonders dieser Junge für die Welten sein mochte, das wusste hier und heute noch niemand. Aber selbst diese Galaxie vermochte es, die sie bevölkernden Individuen ein ums andere Mal zu überraschen…

Doch für seine Eltern war dieses Ritual noch immer nicht in wohlige Gewohnheit übergangen. Sie hasteten ihrem Kind hinterher, weil sie wussten, dass er die Grenze allzu gern überschritt und dann zitternd zu Boden ging. Auch dies geschah jeden Tag aufs Neue. Es war besonders an dem Kind und der Familie, da Jusev notiert hatte, dass derlei Auffälligkeiten auf Entwicklungsstörungen hindeuteten, die es seit Jahrtausenden in den eher menschlichen Individuen nicht mehr gab. Jusev fühlte ein bedrückendes Gefühl in seinem Kern. Bei aller Individualität hatte vor allem die Menschheit sich einiger besonderer individuellen Abnormitäten entledigt. Neben Krebs zählten genetische Erkrankungen und eben auch Entwicklungsstörungen dazu. Jusev hatte Zugang zu

Datenbanken, die ihn erschaudern ließen. In diesem bunten Treiben, da fehlte etwas. Vielleicht war der kleine Junge dort draußen, das, was es auf diesem kargen Planeten brauchte und in einer Welt, in der sich jeder Individuum nennt, obwohl alle im Kern – abseits der Äußerlichkeiten – sehr gleich sind.

Piotryr liebte den Moment zwischen Tag und Nacht, wenn die Sonnen die Kälte hinfort jagten, wenn Kristalle in der Luft zu Glitzernebel zerstoben. Er liebte es mehr als fast alles andere auf der Welt. Nur seine Eltern liebte er tatsächlich ähnlich oder vielleicht sogar noch mehr als dieses Ritual nach dem Aufstehen.

Doch gerade hatte er natürlich nur die Jagd nach dem Glitzernebel im Kopf. Als sich die Türen öffneten, schob er sich geschickt an den anderen vorbei nach draußen. Er fühlte, wie die Luft seine Lungen füllte, wie die Sonnen seine Haut erwärmten, aber er war auf der Suche nach dem Kribbeln im Glitzernebel. Auf der Seite der Sonnen war es warm, auf der noch dunklen Seite waren es Minus 54 Grad Celsius. Immer noch! Das Tanzen im Glitzernebel war unbeschreiblich. Er hatte Gänsehaut, während er schon nur daran dachte. Er rannte durch die einen Spalt geöffnete Tür, ignorierte das Rufen seiner Eltern, die Hände auf seinen Schultern, die versuchten ihn zurückzuhalten. Er schüttelte sich und steckte alle seine Energie in seine Beine, um schnell nach vorn zu kommen. Der sandige Erdboden wirbelte bei jedem seiner Schritte auf. Seine blauen Augen hatten die Linie erfasst. Die Linie des Lebens – hatte er gelernt. Wenn die Sonnen das gefrorene Land berührten, war Leben möglich, was mit deren Untergang jedoch sofort seinem Tod überlassen war. Hier konnte man sich nur für etwa 3 Stunden an der Oberfläche aufhalten, davor war es viel zu kalt und danach viel zu heiß. Sicher gab es einzelne Individuen, die es länger in der Kälte oder Wärme ausgehalten hätten, aber in dieser gleichgeschalteten Welt gab es feste Regeln, die für alle galten. Piotryr wollte so gerne wissen, wie es war, wenn am Abend die Sonnen untergingen und die glühende Landschaft der Eiseskälte überlassen wurde...

Tanz im Glitzernebel

Gab es dann auch diesen wunderschönen Glitzer, dieses Kribbeln im Körper? Er würde es nur zu gern herausfinden, aber er hatte jeden Tag mehr Mühe, sich seinen Eltern wegzustehlen. Sie verstanden nicht, was der Nebel Piotryr gab und was er ihm bedeutete. Und das war mehr, als irgendwer oder irgendwas sonst ihm zu Geben imstande gewesen war.

Er hatte sein Ziel fest vor Augen und er wurde jeden Tag besser im Sprinten. So auch heute. Er hatte die Linie des Lebens fast erreicht. Alles um ihn herum wurde still, obwohl es in Wirklichkeit laut war. Auch wenn das Schauspiel vor seinen Augen eigentlich das Einzige war, das keine Geräusche von sich gab, war es doch das Einzige, was er hören konnte. Es war ein Knistern in der Luft. Er konnte den glitzernden Nebel, die zerberstenden Eiskristalle nicht nur sehen, er konnte sie hören. Das Knistern sorgte dafür, dass sich alle Haare auf seinem Körper aufstellten. Von den ganz kleinem, flaumigen Saum im Gesicht, bis hin zu seinen Kopfhaaren. Und im gleichen Maße, wie sich seine Haare aufrichteten, wurde sein Grinsen breiter und sein Sprint noch schneller. Er war da!

Er spannte die Arme auseinander und dreht sich in wirbelnden Kreisen an der Grenze zwischen Licht und Schatten, während er die noch kalten Überreste der zerborstenen Kristalle auf sich niedergehen ließ. Er schloss die Augen. Ab jetzt spürte er alles. Er wusste, wo er war. Wurde eins mit der Linie und bewegte sich auch blind auf ihr immer weiter ins Landesinnere. Die Zeit stand still. Er lauschte dem Knistern in der Luft und sog den frischen Duft von frisch gefallenem Schnee ein. Er spürte die Wassertropfen auf den Spitzen seiner aufgestellten Haare und ein Flimmern um ihn herum, dass er gleichzeitig sehen, hören, riechen, schmecken und fühlen konnte. Es war immer wieder wie ein Traum. Doch es war real. Und es fühlte sich an wie ein ganzes Leben.

Plötzlich riss ihn jemand aus diesem Traum – ein Arm packte ihn und zerrte ihn unsanft nach hinten. Er öffnete die Augen und sah in die ungläubigen Augen seines verzweifelt dreinblickenden Vaters. Piotryr hatte nicht gemerkt, wie er auf dem Boden gelandet war, wie er die Linie überschritten hatte und in der Eiswüste gewandelt ist. Seine Haare im Gesicht und am Körper waren aufgestellt und die Wassertropfen hatten sich wieder in Eis verwandelt. Kleine Kristalle saßen überall auf seiner Haut, die sein Vater mit einer warmen Decke direkt wieder zum Schmelzen brachte, bevor sich das Wasser in der Decke sammelte. Piotryr verstand kein Wort der klagenden und bittenden Worte seines Vaters. Er war gerade eins mit diesem Planeten gewesen. Wie so oft in den vergangenen Wochen. Und jedes Mal war es noch atemberaubender als zuvor. Noch intensiver. Noch schöner. Es war sein Lebenselixier. Und während seine Eltern Pläne schmiedeten ihn anzubinden, schmiedete er Pläne sich loszureißen, frei zu sein. Und glücklicher, als er sich es je hätte vorstellen können. Die nächsten Stunden des jungen Tages war Piotryr nicht ansprechbar. Für Außenstehende war er in einem mysteriösen Zustand zwischen Leben und Tod, während er glückselig grinsend dem Leben in sich nachspürte.

Finde keine Heimat, keinen Sinn
kann nur von ihm träumen,
mich verzweifelt nach ihm sehnen.

Alle Wege stehen offen,
doch keiner scheint meiner zu sein.
In der großen, weiten Welt bin ich ganz klein.
Allein.
Bin einsam unter Freunden.
Einsam zwischen Welten.

Nach einem 'Hallo',
kommt schnell das 'auf Wiedersehen',
kenn' mehr Individuen
als ich mag weit zu zählen.

Doch eigentlich will ich nur Heimat finden,
einmal nicht gleich weiter fliegen.

Finde keine Heimat und keinen Sinn,
versuch auf Reisen dem Gefühl zu entrinnen.
Hoffnung schwindet.

Eine Welt voller Möglichkeiten,
doch ich will nicht länger nur an der
Oberfläche treiben.

Sinnreise

Zwischen den Welten zu pendeln fand sie anstrengend. Aber sie machte es dennoch gern, denn sie hatte überall Freunde gefunden. Es war nicht immer leicht, sich das Leben so einzutakten, dass sie allen gerecht werden konnte. Doch meist waren alle Sorgen und Ängste wie weggeblasen, wenn sie ihr Ziel erst erreicht hatte. Manche der Planeten waren schwerer erreichbar als andere. Manche waren eher für die weltenhungrigen Reisenden ausgelegt und manche eher für die introvertierten Zurückgezogen. Manche waren laut und schrill und andere ganz leise. Manche waren dicht besiedelt und andere wie ein großer, leerer Park. Manche waren so groß, dass es ein ganzes Leben bräuchte und vermutlich noch mehr, diese Planeten auch nur im Ansatz zu erkunden. Einige wenige konnte man in zwei Tagen umrunden. Es war verrückt, was alles möglich war, insofern man sich die Zeit nahm darüber nachzudenken. Die größten Strecken wurden mittels transdimensionaler Reisen überwunden. Die kürzesten tatsächlich auch mal nur mit einem einfachen Raumschiff. Auf manche reiste sie nur als Hologramm. Sie hatte Freunde, die waren so vielfältig, wie die Planeten und Welten selbst. Individuen verschiedener Herkünfte. Doch das spielte heute keine

Rolle mehr. Sie freute sich, dass sie diesmal - das erste Mal - auf den Mars reisen konnte. Zwar hatten die Wissenschaft und die ArtMinds noch keinen Weg gefunden, mit den roten Sandkörnern zu kommunizieren, aber sie liebte es sich vorzustellen, dass sie dem Anfang dieses wunderbaren Prozesses des gegenseitigen Verstehens beiwohnen konnte. Dieser Magie des Anfangs, die sie in dieser entdeckten Welt so vermisste. Und sie freute sich auf Serlach, die sie heute auf dem Mars treffen würde. Sie war eine Wissenschaftlerin, die ihr Leben der Erforschung des roten Sandes gewidmet hatte. Es war ein Zufall gewesen, dass die ArtMinds Messungen der Schwingungen der Planeten angefertigt hatten und sie hier Signale erhalten hatten, die nicht zu denen anderer, unbewohnten Planeten passten. Eigentlich sollte der Mars gerade umfunktioniert werden und kolonialisiert werden. Nach der Entdeckung, dass der Mars nicht so tot war, wie es den Anschein hatte, war das allerdings auf Eis gelegt worden.

„Was steht heute an, Serlach?", frage Findra ihre Freundin mit großen Augen, nachdem sie angekommen war. Bisher hatten sie sich nie live gesehen.

„Ich versuche noch immer eine passende Frequenz für die Übertragung zu finden", sagte Serlach, während ihre Hände eifrig an einem kleinen Apparat herumspielten und sie die Zunge über ihre Lippe wandern ließ.

„Ich habe mich etwas belesen… Was wäre denn, wenn der rote Sand gar kein Gesamtindividuum ist, kein Kollektiv, sondern eher eine Art Kommune… Würde das den Ansatz der Frequenzsuche nicht über den Haufen werfen?", Findra versuchte ihre Freundin zu beeindrucken. Doch diese hob nur eine Braue, rollte mit den Augen und wandte sich dann wieder ihrer kleinen Gerätschaft zu. Findra war ziemlich geknickt. Diese Texte zu finden war nicht einfach gewesen und die Lizenzen zu beantragen, war sogar ziemlich nervig gewesen. Nachdem Serlach den Apparat eingestellt hatte und wieder ein bis vier Augen für Findra übrig hatte, sah sie ihren gesenkten Blick und die herabhängenden Schultern.

Alles scheint entdeckt.
Die ArtMinds haben alles aufgedeckt.

Gibt es kein Versteck,
keinen Platz für die letzte Naivität,
dass diese Welt mystisches, magisches bereit hält?

Was wird aus meinen Träumen und Wünschen dann?
Wo bleibt der Funken?

Ich hab ihn auf dem Mars gefunden!

Ihr habt gesprochen, getanzt und gesungen,
doch eine Kommunikation ist euch nicht gelungen.
Hier gibt es noch Platz für Magie
und ich wünschte:
Wissenschaft allein löst sie nie!

Mich zieht es nun zum Mars,
erst nur ein Gedankenspiel, ein Spaß...
Doch dann hab ich ihren Blog gefunden:
seit 120 Jahren ist sie am Suchen, forscht und untersucht –
doch nach wie vor kein Durchbruch.
Noch ist nicht alles entdeckt,
voller Vorfreude reise ich zum weißen Fleck.

Hoffe auf Magie, so lange es noch Rätsel gibt,
denn noch ist nicht alles entdeckt.

Frei und voller Leben

„Tut mir leid, Findra, ich finde deinen Enthusiasmus wirklich schön, aber ich arbeite schon seit 120 Jahren an einer Möglichkeit der Kommunikationsaufnahme – für mich ist das alles nicht mehr so neu und erfrischend, wie für dich", sagte Findra und tätschelte ihre Freundin an der Schulter. Mit ihren 29 Jahren war sie eben noch eine ganze Spur enthusiastischer, oder naiver, wie es Serlach eigentlich beschreiben wollte. Aber in dieser Naivität gibt es immer auch neue Blickwinkel und Chancen, für die sie schon lange betriebsblind geworden sein könnte. Serlach war dagegen nicht mehr naiv und viel weniger enthusiastisch. Seit ungefähr 320 Jahren versuchte man nun schon Kontakt herzustellen. Man war sich mittlerweile sicher, dass der rote Sand lebte. Dass es sich um ein Individuum handeln musste, dass ein Bewusstsein vorhanden war. Aber es schien gänzlich anders zu sein und anders zu funktionieren, als das aller anderen Individuen, die man bisher kannte. Den ArtMinds war es in der Vergangenheit spätestens binnen 150 Jahren gelungen Kommunikationswege zu neuentdeckten Individuen herzustellen. Serlach war sich sicher, dass die ArtMinds eine Lösung finden würden, aber sie wurde zunehmend unsicher darüber, ob sie diese Lösung noch miterleben würde. Dieser Gedanke war frustrierend. Sie liebte, was sie tat. Dass sie erforschen konnte, Daten sammeln und auswerten, dass sie Teil dieser ersten Schritte war, aber ihre Lebenszeit näherte sich seinem Ende. Sie wurde zunehmend desillusioniert, dass sie ihre Lebensaufgabe je würde erfüllen können. Findra hingegen hatte so etwas wie eine Lebensaufgabe nicht. Sie passte sich an das System an. Brachte sich 2 bis 3 Tage in ihrer oder einer anderen Kolonie ein. Doch sonst reiste sie, wie viele andere, junge Individuen, durch die Welt. Sie war voller Ideen, Tatendrang und eben dieser enthusiastischen Naivität, um die sie Serlach beneidete.

Findra hingegen beneidete ihre Freundin Serlach. Sie hatte etwas gefunden, was ihrem Leben eine Aufgabe, einen Sinn verlieh. Während sie zwar viel sah und Freunde überall im Kosmos besuchte, fühlte sie sich bisweilen ziemlich einsam und verloren. Sie hatte noch so viel vor sich, aber wusste nicht, wie sie ihrem Leben Form verleihen sollte. Wie viele Menschen vor ihr, verarbeitete sie diese Gedanken in Geschichten und Gedichten, baute aus Buchstaben Wörter, aus Wörtern Sätze und aus Sätzen ganze Seiten und Bücher zusammen. Dann ging es ihr gut.

Findra war ziemlich streng mit sich. Sie wollte schon weiter sein, obwohl viele das Reisen nutzten, um sich über ihren Platz in dieser großen Welt klar zu werden. Eine Welt voller Freiheit, voller Leben, voller Wissen. Und dennoch suchte Findra vergeblich. Denn Findra hatte so eine Ahnung, dass sie keine 250 Jahre Zeit haben würde – wie z.B. Serlach. Obwohl das total abwegig erschien, da die Gesundheit permanent überwacht wurde und ein vorzeitiges Ableben in 99,9 Prozent der Fälle auf einen tragischen Unfall zurückzuführen war und selbst das nur einmal in 1.000.000 Fällen geschah – sie war sich sicher, dass sie weniger Zeit hatte ihren Platz zu finden und ihre Spuren zu hinterlassen - obwohl das ohnehin unrealistisch war. Aber sie hatte keine Angst. Sie fühlte sich von diesem Gefühl nur unter Druck gesetzt. Mit einem Gefühl der Leere betrat sie ihre Wohnkapsel für die nächsten Tage und schrieb.

1342. Versuch

Serlach hatte die Apparatur zum 1342. Mal eingerichtet und kalibriert. Im HUD - dem interaktiven vor ihrem geistigen Auge schwebende Informationstafel - stand alles auf 'grün'. Ein neuer Versuch konnte starten. Sie startete eine Aufnahme und sah dabei zu, wie der rote Sand in Schwingung versetzt wurde. Ein wenig war sie dankbar darüber, dass sie alle Frequenzen durch hatte, die sie hören konnte. Ganz ohne Schwingungen in ihrem eigenen Kopf sah sie dem roten Sand gern dabei zu, wie er in Wellen zu vibrieren begann. Auch wenn sie es nicht mehr hören konnte, so spürte sie die Wellen durch ihren Körper strömen. Es war ein vertrautes Gefühl, das auch jetzt noch mit Hoffnung versetzt war. Denn wie immer hoffte sie darauf, dass heute der Moment sein würde. Der Moment der ersten Kontaktaufnahme, des ersten Austausches. Die Sandkörner stoben etwa einen halben Meter nach oben, bevor sie sich rhythmisch absenkten und wieder anhoben. Es war pulsierendes Leben. Sie war noch immer fasziniert davon, dass man dieses Leben für Jahrtausende übersehen hatte. Und sie war sich sicher, dass dies bei weitem nicht das letzte Geheimnis dieses Universums war. Das war sogleich ein tröstlicher, wie auch erschreckender Gedanke. Aber die anderen Geheimnisse konnten andere entschlüsseln. Sie wollte nur dieses hier entschlüsseln. Dieses eine, riesengroße Geheimnis wollte sie knacken. Sie wollte es so gern schaffen. Die Aufzeichnung lief bereits eine halbe Stunde, aber weiterhin gab es keinerlei Veränderungen. Kein Feedback. Keine Muster. Keine Antwort. Natürlich nicht. Wie schaffte sie es nur immer wieder von vorn daran zu glauben? Sie ließ ihre Schultern hängen und zog sich in ihre Kabine zurück. Der Aufbau lief derzeit weiter. Das Testprotokoll sah die Prozedur für 24 Stunden vor. Immerhin war dieser Organismus ganz anders, als alles Bekannte und vielleicht einfach in der Kommunikation träger, als sie es gewohnt war. Oder es war noch nicht die richtige Frequenz, oder die richtige Methode. Schon wieder schlug die Hoffnung einen Keim in ihren zwei Herzen. Wo noch Platz für ein 'vielleicht' ist, ist noch nicht alles ausgeschöpft. In ihrer Kabine setzte sie sich in ihren Sessel. Findra hatte ihr helfen wollen, aber bei derlei Untersuchungen wollte Serlach lieber keinen Laien dabei haben. Sie richtete sich auf und stellte eine Verbindung zu Findra her.

„Und? Was gibt es Neues?", fragte diese mit ihren großen, grünen Augen. Neugierig und optimistisch wie immer. Dadurch fühlte es sich für Serlach manchmal an, als würde sie Findra jedes Mal aufs Neue enttäuschen. Aber sie wollte sie nicht enttäuschen. „Leider nicht. Aber noch haben wir ja - 23 Stunden und 12 Minuten Zeit", sagte Serlach, bemüht darum diesen Keim der Hoffnung in sich zu finden.

„Kann ich dann morgen noch mal vorbeikommen?", fragte Findra, jetzt leuchteten ihre Augen sogar noch mehr und sie lächelte. Dieses Lächeln war so wunderschön. „Ja, wenn der Testlauf vorbei ist", sagte Serlach und grinste ebenfalls breit.

„Darf ich mir die Daten noch mal ansehen, wenn du durch bist?", Findras Interesse an ihrem Forschungsgebiet war auf der einen Seite motivierend, auf der anderen Seite war es mitunter aber auch recht belastend. „Wenn du unbedingt willst", sagte Serlach augenrollend. „Alles klar. Dann bis morgen". Viel zu schnell hatte Findra aufgelegt.

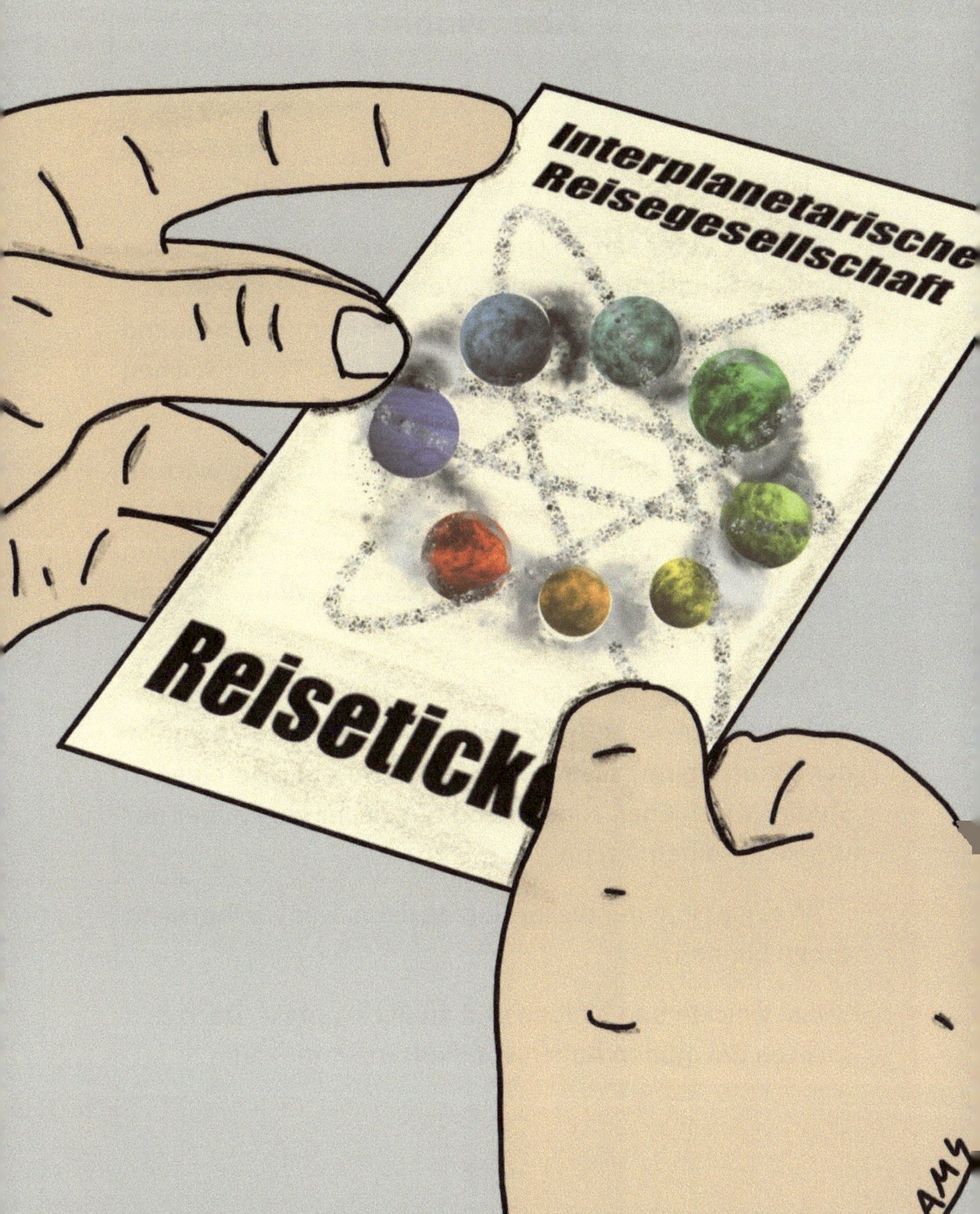

Interplanetarische
Reisegesellschaft
Reisetick

Aber wohin?

"Ich weiß nicht mehr, was wir noch tun sollen"

Piotryrs Vater sah erschöpft aus, die Augen waren von dunklen Schatten umrandet. Vermutlich schläft es sich nicht sonderlich gut, wenn man sich schon jeden Abend Sorgen macht, ob der eigene Sohn den Tanz zwischen Leben und Tod überlebt.

Jusev hatte längst eine Antwort parat. Aber er wartete noch. Menschen kommen gern von allein zur richtigen Lösung - das hatte er in seinen weiter andauernden Studien über diese Spezies von Individuen schon festgestellt.

"Am liebsten würden wir ihn einsperren. Auf der anderen Seite wirkt er so glücklich da draußen", erzählte der Vater weiter. Jusevs Plan ging also auf. Die eigenen Studien erschienen zunehmend nützlicher gegenüber der Werke in seinem Archiv.

"Was gibt ihm nur dieser Glitzerregen, was wir ihm nicht geben können?"

Jusev nickte und hielt ab und an Blickkontakt. Doch den suchten die müden Augen von Piotryrs Vater kaum.

"Ich glaube, dass er einsam ist", stellte der Vater fest. Seine Stimme sank 54 Prozent mehr ab, als für das Ende eines Satzes üblich. Dann schaute er Jusev eindringlich an. Jusev nickte. Er glaubte das auch. Der tanzende Junge vom Vormittag war ein anderer als der, der sich vom Kälteschock erholt hatte und in der Kolonie bewegte. Gleichaltrige mieden ihn. Er spielte nicht so wie sie. Er war anders.

"Aber was sollen wir nur machen?", fragte der Vater Jusev. Seine Augen wurden 35% feuchter. Er stand kurz davor zu weinen. Jusev hatte Antworten parat, aber er hielt es für wahrscheinlicher, dass es dem Vater am Ende mehr nutzen würde, wenn er alleine einen Weg finden würde.

"Piotryr spricht kaum. Und wenn, dann spricht er von anderen Planeten..." Die Richtung, die sein Vater einschlug, gefiel Jusev.

"Ich glaube, wir sollten hier weg. Es muss andere Wege für ihn geben glücklich zu sein, die er nicht jeden Tag fast mit dem Leben bezahlen muss!", Piotryrs Vater stand entschlossen auf. Jusev ebenfalls. Er drückte ihm die Hand und übertrug ihm Reisetickets. Die Augen von Piotryrs Vater weiteten sich um 20 Prozent - er war also wohl mäßig überrascht.

"Aber wohin?", fragte er im Gehen begriffen.

"Tickets zur freien Verfügung. Fragen Sie doch Piotryr", wenn Menschen sich einmal für einen Weg entschieden hatten, wollte er ihnen nicht im Weg stehen. Sie waren sturer als andere Spezies der Individuen.

Der Vater nickte und drückte erneut Jusevs Hand.

"Danke", sagte er. Dieser Satz endete 13 Prozent höher, als gewöhnlich. Was das bedeutete, das wusste Jusev nicht. Aber er fragte nicht nach. Die Klärung dieser Frage hatte für diesen Menschen derzeit wahrlich keine Bewandtnis.

Und mit wem?

Der Junge war nervös.

"Wo möchtest du hin, mein Schatz?", seine Mama fragte ihn das, als ob er die drei vorhergehenden Fragen, die sein Papa gestellt hatte, nicht verstanden hatte. Das machte ihn nervös. Und unsicher. Dann juckte sein Gesicht immer so schrecklich. Piotryrs Gesicht war schon von roten Streifen bedeckt. Auch seine Eltern waren nervös. Doch sie hatten sich, um nervöse Blicke auszutauschen.

"Mit wem?", fragte Piotryr in die Ratlosigkeit seiner Eltern hinein und machte sie noch ratloser. Piotryr wartete, aber bis auf verschiedene Zuckungen bekam er keine Antwort. "MIT WEM?", fragte er ärgerlich. Es nervte ihn, wenn man von ihm Dinge erwartete, die andere ebenso wenig zu tun imstande waren.

"Mit uns, oder?", antwortete sein Vater und schaute hilfesuchend zu seiner Frau.

"Willst du nicht mit uns verreisen?", fragte seiner Mutter. Piotryr sah ihre feuchten Augen, als er kurz - verunsichert durch die Tonlage - zu ihr aufsah. Sie dachte sicherlich, dass das alles Piotryr entging. Dem war nicht so.

"Nein", sagte Piotryr sachlich. Seine Mutter schluchzte.

"Ihr haltet es hier kaum aus mit mir. Ihr macht euch Sorgen. Ich will nicht, dass ihr euch Sorgen macht und ich will frei sein - von den Sorgen", sagte Piotryr. Er musste sich so sehr auf seine Worte konzentrieren, dass er nicht aufsehen konnte.

"Aber du bist erst 10 Jahre alt... Piotryr, wir sind deine Eltern und wir lieben dich und wollen, dass du sicher bist-", sagte seine Mutter, die auf die Knie gegangen war und den Augenkontakt suchte. "Und wir wollen, dass du glücklich bist", ergänzte sein Vater, der sich dazu kniete und die Hand seiner Frau ergriff.

"Ich reise mit Jusev", beschloss Piotryr. Was er beschlossen hatte, sollte so sein. Daran zu rütteln war schwer. Das wusste seine Eltern.

Logische Argumentationen aus Sicht der Eltern, waren in Piotryrs Augen nur Ängste und andere Emotionen, die mit Rationalität und Logik wenig zu tun hatten. Piotryr zweifelte nicht eine Sekunde an, dass Jusev nicht mitkommen könnte. Und er sollte Recht behalten.

Jusev stimmte sich ab mit den anderen ArtMinds. In seiner Kalkulation war diese Konstellation bei 0,037 Prozent gewesen. Aber wenn ihn jemand überraschen konnte, dann war es dieser besonderer Junge. Die Eltern hatten einen Koffer dabei und sahen schwer mitgenommen aus. Doch auf Piotryrs Gesicht lag ein Ausdruck wie kurz bevor er sich die vergangen 63 Tage losgerissen hatte, um dem Glitzernebel hinterherzujagen. Jusev mochte diesen Ausdruck in Piotryrs Gesicht. Es bereitete ihm in seinem Kern ein warmes Gefühl. Dabei war sein Kern gerade nicht unter großer Last. Sobald der Austausch auf Krogarn angekommen war, drückte Piotryr seinen Eltern einen Kuss auf den Mund und lief vor Jusev in die bereitstehende Kapsel für die transdimensionale Reise.

Neues Abenteuer

Jusev lief Piotryr hinterher, nachdem er seinen Eltern seine Kontaktdaten übermittelt hatte. Wenn Piotryr seine Eltern liebte, so hatte er eine andere Art, als die anderen Menschen. Aber so schwer, wie es den Eltern fallen musste, ihren Sohn ziehen zu lassen, so leicht schien es ihm zu fallen. Piotryr blickte nicht zurück. Auch dann nicht, als sie sich langsam in den Orbit erhoben und seine Eltern ihnen winkten. Aber Piotryrs Mundwinkel zuckten. Doch, da war ganz viel Liebe und auch Mut und Lust auf Abenteuer.

"Was ist das Ziel unserer Reise?", fragte Jusev Piotryr. Seine Hände waren verschränkt und er saß kerzengerade auf dem Sitz. Jusev fragte sich, ob sich Piotryr überhaupt an die Erde erinnern konnte. Piotryr hob den Kopf und blickte zu Jusev. Obwohl er sonst eher selten den Blickkontakt zu anderen suchte, starrte er ihn nun regelrecht an. Einem Menschen wäre das wohl unangenehm gewesen, aber Jusev spürte wieder Neugier in sich aufkeimen. Dieser Junge war nicht so leicht zu lesen und zu verstehen wie die anderen Menschen und Individuen, die er in den vergangenen 55 Jahren kennenlernen konnte. "Danke", sagte Piotryr schließlich.

Jusev nickte und dann wartete er auf die Antwort auf seine eigentliche Frage.

"Roter Sand", sagte Piotryr schließlich. Er hatte es genossen, dass die Frage nur einmal gestellt worden war. Sonst wurde sie so oft wiederholt, immer lauter und aufdringlicher, dass er gar nicht darüber nachdenken konnte. Meistens hatte er dann gar keine Lust mehr, die ohnehin belanglosen Fragen zu beantworten. Jusev hatte nun seit 3 Stunden auf eine Antwort gewartet. Piotryr war völlig in sich versunken, sein Kopf arbeitete, aber alles andere schien wie eingefroren zu sein. Jusev hatte sich nicht bewegt. Er hatte damit kein Problem, aber so eine Ahnung, dass Piotryr in Ruhe eine Entscheidung hatte treffen müssen.

"Der Mars?", fragte Jusev. Über die Antwort war er einigermaßen erstaunt, da sie sehr unwahrscheinlich war. Aber sie war gefallen. Piotryr nickte, seine Hände ruhten weiter gefaltet auf seinem Schoß und Jusev bereitete die Zielkoordinaten vor.

"Das wird deine erste transdimensionale Reise. Halte am besten bei 1 die Luft an. Drei, Zwei, Eins". Piotryr hielt die Luft an, während sich der Raum um sie krümmte, alles war verzerrt, bunt, und riss an ihm. Da war es auch schon vorbei.

"Willkommen auf dem Mars", sagte Jusev. Er war selbst noch nie hier. Wenn er Aufregung fühlen konnte, dann war es diese Art Neugier auf das, worüber er zwar Daten hatte von anderen ArtMinds, Berechnungen und Wahrscheinlichkeiten, aber was er noch nicht selbst hatte erfahren können.

3 Herzen im selben Takt

Auch der 1342. Versuch ging ergebnislos zu Ende. Serlach hatte gelernt zu schlafen, auch wenn sie aufgeregt war, weil die Hoffnung schneller wuchs, als sie sie mit Beweisen füttern konnte, also bediente sich die Hoffnung der Schläge ihrer Herzen. Eine gute Sache aber hatte das Ende des Versuchs. Serlach würde Findra wieder sehen. Sie war eine willkommene Abwechslung im tristen Alltag zwischen Hoffnung von Hoffnungslosigkeit. Sie konnte sie vergessen machen, dass ihre Zeit dem Ende zu ging. Wie bald dies sein würde, das hatte sie Findra nie erzählt. Aber sie spürte eine zunehmende Last auf ihrem Körper und ein dumpfes Rufen in ihrem Kopf, dass flehentlich darum bat, es ihr endlich zu sagen. Serlach schob die Decke beiseite und grinste dennoch, als sie flüchtig an die grünen Augen von Findra dachte. Eilig zog sie sich an und machte sich auf den Weg zu ihr - mit den Aufzeichnungen der letzten Messung. Was Findra damit würde anfangen können, wusste sie nicht. Aber es gab nichts zu verlieren.

"Ich geb mir ja Mühe etwas zu erkennen, aber es sieht alles unauffällig auf. Keine Muster zu erkennen", schloss Findra nachdem sie eine Stunde lang nur Dateien angesehen hatte und die vier Augen von Serlach noch keines weiteren Blickes gewürdigt hatte. Sie schloss die

Datei und wurde dafür mit dem durchdringenden Blick Serlachs belohnt.

"Danke, dass du dir die Zeit genommen hast mal drüber zuschauen", sagte Serlach mit einer butterweichen Stimme. Dass sie gestern so oft genervt gewesen war, wollte sie wiedergutmachen. Findra hörte ihre Stimme und sah ihre Augen und hatte den Impuls, ihre Hand zu ergreifen. Ihr Herz schlug bis zum Hals. Das kannte sie bisher schon von den Chats, den Telefonaten und den Hologramm-Treffen, aber so richtig echt beieinander war es für einen Moment, als hätte sie endlich ihre Heimat gefunden. Serlach schaute weiter zu Findra hinüber, ihre Herzen schlugen schneller als bei der Hoffnung vor jedem neuen Test. Mit dem Moment der Klarheit über den Grund der Aufregung schoss ihr das Blut ins Gesicht. Sie wurde rot und rutschte auf ihrem Stuhl hin und her. Findra nahm dies wahr und ihre Hand war in Serlachs Richtung gewandert, die sie wortlos in ihre Hand aufnahm. Drei Herzen schlugen rasend schnell und Findras Blick verlor sich in Serlachs Augen. Egal, wofür sie glaubte, hergekommen zu sein. Es war so viel mehr, als sie erwartet hatte zu finden. Wie von Zauberhand standen die beiden händchenhaltend auf und schoben sich am Tisch vorbei. Wenige Zentimeter trennten sie voneinander. Ein Flimmern schwirrte in der Luft, wie es Serlach nur von einigen Frequenzen kannte und Findra von ihren Schreibergüssen. Als ihre Lippen aufeinander trafen war es für ein Moment ,als wäre in dem Sand um sie herum das gesamte Spektrum an Farben, welches die kleinen Sandkörner auf sie reflektierten. Beide hatten ihre Augen geschlossen, aber sie hätten schwören können, dass sie es sahen und dass sie schwebten.

Besucher

Besucheranmeldung: Jusev, ArtMind Nummer 43897 und Piotryr, Stem vom Planten Erde, stationiert auf Krogarn.

Findra und Serlach wurden von der Stimme und Benachrichtung in ihrem HUD aus ihrem innigen Kuss erweckt. Und es war tatsächlich ein Stück weit, wie das Aufwachen aus einem Traum, bei dem man erstmal wieder mit der Realtität zurechtkommen muss, weil der Traum noch ins Bewusstsein nachhallt. Aber sie hatten nicht geträumt, sie hatten sich auf die schönste Weise ineinander verloren, die es überhaupt gibt. Errötet und mit nunmehr geöffneten Augen schauten sie sich an und grinsten, bevor sie in gelöstes Lachen verfielen. Hand in Hand gingen sie nach draußen, um den unerwarteten Besuch zu empfangen. Findra spürte in sich ein Gefühl von Mitleid, dieser Piotryr musste also von der Kolonie kommen, wo es immer noch entsetzliche Auseinandersetzungen zwischen den Individuen und mit den ArtMinds gab. Sie hatte die Erde nie gesehen. Ihre Eltern waren ebenso vom Fernweh gepackt gewesen, wie sie. Dennoch stelle sie es sich hart vor, seine Heimat verlassen zu müssen.

Doch als Findra und Serlach auf Piotryr und Jusev stießen, waren sie vor allem über das Alter ihres kleineren Gastes erstaunt.

"Hallo Jusev, hallo Piotryr. Willkommen auf dem Mars", begrüßte Findra die beiden, als wäre es ihre Heimat. Serlach schmunzelte darüber nur.

"Hallo, Serlach und Findra", sagte Jusev. Namensverwirrungen gab es dank HUD schon seit hunderten von Jahren nicht mehr und dennoch gehörte es weiterhin zum guten Ton, sich entsprechend des angezeigten Namens im HUD zu begrüßen.

"Was führt euch zum Mars?", fragte Serlach nun, die Piotryr ihre Hand hinhielt, die er anstarrte, aber nicht zur Begrüßung in Empfang nahm. Serlach hatte Piotryr angesprochen, aber ebenso wenig, wie er auf ihre ausgestreckte Hand reagierte, reagierte er auf ihre Frage. Findra und sie sahen sich fragend an. Vermutlich war das Reisen für ihn noch neu, schoss es Findra durch den Kopf. Doch auch Jusev antwortete nicht auf die Frage, da er an Gestik, Mimik und Körperhaltung wusste, dass die Frage nicht an ihn gerichtet war. Für eine Weile entstand eine beklemmende Stille, zumindest aus Findras Sicht.

"Roter Sand", antwortete Piotryr unverhofft, gerade als Serlach das Wort ergreifen und die bleierne Stille mit ihren Worten durchschneiden wollte. Serlach schmunzelte. Als sie vor 120 Jahren hier angekommen war, war da auch nur noch der rote Sand in ihrem Kopf gewesen. Eine Faszination, die wenig Platz für viele Worte um den heißen Brei ließ.

"Ich zeige dir was, was dich vermutlich interessiert", Serlach steckte Piotryr die Hand entgegen. Er sah zunächst skeptisch auf die Hand, aber ergriff sie dann doch entschlossen. Gemeinsam liefen sie zur Messstation.

"Der rote Sand ist meine Lebensaufgabe", sagte Serlach und Findra schnappte sich die andere Hand. Sie liebte es, wenn Serlach von dieser Aufgabe sprach.

Die Welt steht Kopf,
deine Herzen schlagen ruhig –
meines pocht
wie verrückt.
In deinen vier braunen Augen
fand ich das größte Glück.
Ich bin schon ganz aufgeregt,
dass zu wiederholen
von dem du versuchst dich zu erholen.

Die Welt steht Kopf –
und alles kam ganz unverhofft.
Mich treibt es nirgendwo mehr hin,
fand meine Heimat, einen Sinn,
in der Liebe zu dir und dem was du tust,
wie du es immer weiter und weiter versuchst.
Zusammenwerden wir alles schaffen,
auch dieses Geheimnis werden wir knacken.

Ich wünsche mir,
du würdest schnell erwachen,
ebenso wie mich deine kleinen Schlaf geräusche glücklich machen.

Die Welt steht Kopf,
denn dich und die Liebe
fand ich ganz unverhofft.

Ein Moment Glückseligkeit

Der unerwartete Besuch und die überraschend emotionale Begegnung mit Findra, hatte Serlach ziemlich durcheinander gebracht. Erstmals in 120 Jahren hinkte sie dem Zeitplan hinterher. Aber was sie sonst total verunsichern würde, war dieses Mal nur ein Verstärker für das Kribbeln auf ihrer Haut. Immer wieder dachte sie an Findras grüne Augen und das Gefühl ihrer zarten Lippen auf ihrer Haut und immer wieder huschte ihr ein Grinsen übers Gesicht. Sie war so glücklich. Nicht, dass sie vorher unglücklich gewesen wäre, aber dieses Glück kannte sie nicht. Sie hatte immer eine Leidenschaft gehabt für Forschung, da ließ sie bisher nicht wirklich etwas anderes oder jemanden an sich heran. Oh, was hatte sie nur verpasst. Aber sie hatte keine Zeit für Verbitterung. Die einzige Verbitterung rührte daher, dass sie Findra noch etwas Wichtiges erzählen musste...

Versuch 1343 baute Serlach schneller auf als sonst, denn sie wollte etwas Zeit wieder aufholen. Die Handgriffe waren ihr in Fleisch und Blut übergegangen, weshalb alles reibungslos ablief. Selbst mit der Art Zaungäste in Form von Findra, Jusev und Piotryr hatte sich Serlach heute arrangieren können. Ihre Herzen schlugen fast so schnell wie vor wenigen Stunden, als aus Findra und ihr viel mehr als Freundschaft geworden war. Alle Lichter in ihrem HUD standen auf grün. Und erneut spürte sie etwas in ihrem Körper, dass sie nicht hören oder sehen konnte und die Frequenz versetzte den augenscheinlich leblosen Sand in rhythmische Schwingungen.

Sie ging zu den Anderen in das zusammengelegte Modul und beobachtete, dass es diesmal nicht Findras Augen waren, die am meisten strahlten. Es waren Piotryrs eisblaue Augen, die einem Ozean an Begeisterung glichen. Er hatte sich gegen die Scheibe gepresst und sah so glücklich und zufrieden aus, dass Serlach nicht anders konnte, als ebenfalls ein Gefühl von wohliger Wärme in ihrem Inneren zu spüren. Jusevs Blick war Serlach ein Rätsel, aber das wunderte sie nicht, sie hatte schon mit einigen ArtMinds zusammengearbeitet und deren Zuverlässigkeit und respektvolle Art immer zu schätzen gewusst. Serlach stellte sich hinter Findra und nach kurzem Zögern traute sie sich, ihre Liebste von hinten in eine enge Umarmung zu ziehen. Als würden sie einem wunderschönen, einmaligem Naturschauspiel beiwohnen, legte sie ihr Kinn auf Findras Schulter ab, die sich mit ihrer Wange an ihre Freundin schmiegte. Für den Moment war das Leben einfach nur schön.

Eine Weile lief so alles nach Protokoll, das gerade noch so innerhalb der Toleranzzeit gestartet war. Sonst hätte sie einen Zyklus auslassen müssen und dieses Versäumnis vor den ArtMinds begründen müssen. Kein Ding der

Unmöglichkeit, aber zweifelsohne ziemlich lästig und unnötig. Normalerweise war Serlach voller Hoffnung und Hoffnungslosigkeit zugleich, doch hier und jetzt war sie fast kaum mehr mit ihren Gedanken im Experiment verhaftet. Sie war eins mit dem Herzschlag von Findra und der strahlenden Glückseligkeit von Piotryr, der ihr eine merkwürdige Ruhe vermittelte. Und als Serlach für einen Moment, den Duft von Findras Haaren aufnehmend, genüsslich die Augen schloss, endete der Moment, in dem alles nach Protokoll lief... Endete der Moment der Glückseligkeit...

Aus dem Ruder

Währen die Liebenden ihre neue Liebe genossen und Jusev sein Bedürfnis der Neugier stillte, fiel niemanden auf, dass Piotryr sich nicht mehr gegen die Scheibe presste. Und als sie es merkten, lief er schon mitten in den aufwirbelnden roten Sand des Versuchsfeldes. Wie Jusev es schon oft bei ihm erlebt hatte, konnte Piotryr schneller sprinten, als sie schauen konnten. Rasch war er im Versuchsaufbau angekommen und spannte dort die Arme auseinander und bewegte sich in Kreisen im sich auf- und absenkenden roten Sand. Wie der Sand, senkte er sich dabei ebenfalls auf und ab. Es war wie eine Balletvorführung.

Während Serlach schockiert war, war sie gleichermaßen von dem Schauspiel angetan. Piotryr und der rote Sand verschmolzen in seinem Tanz zu einer atemberaubenden abendfüllenden Show. Piotryrs Knie knickten ein, während er auf Zehenspitzen Pirouetten drehend das Kinn zur Brust nahm und die Arme im Takt des roten Sandes senkte und wieder kraftvoll auseinander riss und den Kopf zum Himmel streckte. Jusev startete eine Aufnahme von der Szenarie, von der er sich vornahm, sie seinen besorgten Eltern zu übermitteln. Findra genoss Piotryrs Tanz weniger, als ihre Gesellschaft. Sie sah Serlachs

Versuchsaufbau und Lebensaufgabe in Gefahr. Sie schob sich aus der Umarmung ihrer Freundin und ging nach draußen.

"Piotryr!", rief sie streng. Aber Piotryr hatte die Augen weiterhin geschlossen - es war verwunderlich, welches Taktgefühl er besessen haben musste, mit den Frequenzwellen und Schwingungen dermaßen in Einklang sein zu können.

"PIOTRYR! KOMM WIEDER HER!", rief Findra lauter und wütender. Aber Piotryr war wütende Stimmen gewöhnt und er war es gewöhnt, sie zu ignorieren. Seine Haare hatten sich aufgestellt - ebenso wie dies im Glitzernebel auf Krogarn der Fall war. Der rote Sand hatte im Tanz des Aufs und Abs durchaus auch etwas Glitzerndes an sich. Die kleinen Körner reflektierten das Licht in Spektralfarben - zumindest sah er das. Durch geschlossene Augen hindurch sah er einen bunten Regenbogen.

Serlach und Jusev standen weiter im Modulhaus. Serlach amüsierte sich über den Versuch Findras, Piotryr zurückzuholen. Sie sah in der Anwesenheit des Jungen keine Gefahr für das Experiment. Aber es faszinierte sie erneut, wie Serlachs Lebensaufgabe auch ein Stück zu Findras geworden war. Sie entschloss sich, ihrer Freundin die Sorgen zu nehmen und machte sich auf den Weg nach draußen.

Findras Kopf war rot angelaufen. Nicht nur, dass sie das Lebenswerk ihrer Freundin in Gefahr sah, sie hasste es ignoriert zu werden. Wütend stapfte sie auf Piotryr zu und ließ sich von der beruhigenden Hand von Serlach auf ihrer Schulter nicht davon abbringen, sich jetzt gegen diesen frechen, kleinen Möchtegern-Balletttänzer durchzusetzen.

Doch ihre wütenden Fußstapfen reichten nur bis zum Versuchsfeld. Findra schwebte über dem Boden. Dieser hatte aufgehört auf und niederzugehen. Er schwebte ebenfalls circa einen halben Meter hoch in der Luft und vibrierte nur noch leicht nach oben und unten.

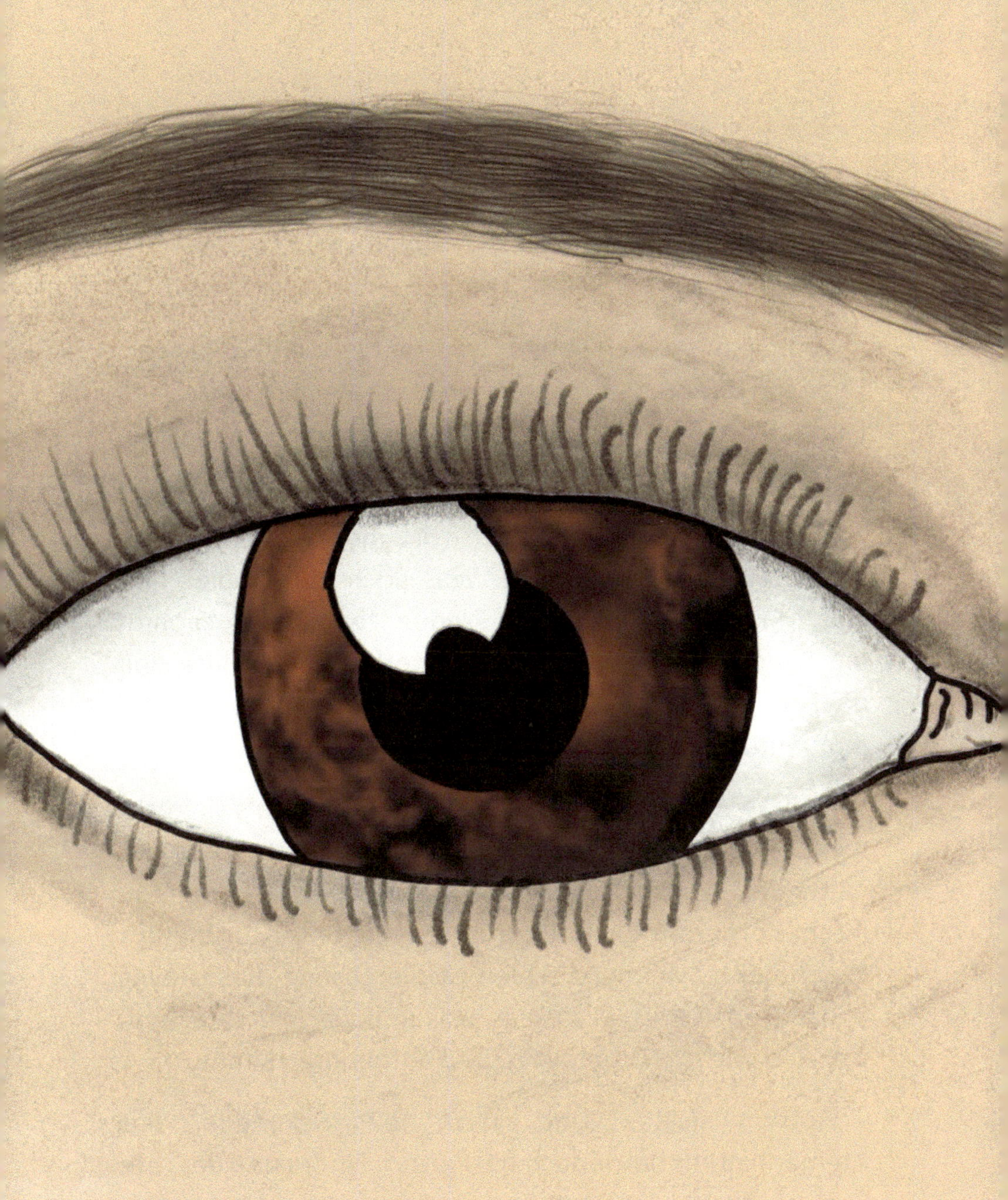

Sanftes Rubinrot

Serlach hielt den Atem an. Auch Piotryr hatte angefangen zu schweben und aufgehört zu tanzen. Lächelnd öffnete Piotryr seine eisblauen Augen und sah zu Findra. Dann lachte Piotryr, so als hätte ihm jemand einen Witz erzählt, oder würde ihn kitzeln.

Jusev war ebenfalls nach draußen gelaufen. Die Aufnahme lief immer noch. Was auch immer dies hier war: Mit den ausgesendeten Frequenzen, die der Apparat am Rand des Versuchsfeldes weiterhin aussendete und die er ebenfalls empfing und als nervenaufreibend empfand, hatte diese Szenerie nichts zu tun.

Findras Wut war in dem Moment verpufft, als sie nicht mehr den Boden unter ihren Füßen spürte und der wütende Widerhall durch das Aufsetzen ihres Beines in ihrem Körper ausblieb. Piotryr war nicht die Störung des Experiments, vielmehr schien er die Lösung dieses ewig andauernden Rätsels zu sein, was und wer der rote Sand war und wie man Kontakt zu ihm aufnehmen könne.

Piotryr nickte. Und nach 57 Sekunden des Atemanhaltens bei Serlach fiel Piotryr, Findra und der rote Sand zu Boden - so als wäre nichts gewesen. Und so, als würde die Frequenz den roten Sand nicht mehr in

Schwingung und Vibration versetzen können. Serlach rannte zu Findra, erblickte kurz erleichtert ihre grünen, weit aufgerissenen Augen, bevor sie weiter zum Versuchsapparat lief. Was hier geschehen war, hatte etwas Wichtiges zu bedeuten! Weiterhin stand alles auf grün. Das Experiment sollte noch für 22 Stunden und 54 Sekunden weiterlaufen. Sie kratzte sich an der Schläfe, schaute zu Piotryr, der sich in den roten Sand gesetzt hatte und die Körner durch seine Hand rieseln ließ und dann zu Findra, die sich ebenfalls gesetzt hatte und ihre Beine umschlungen hielt. Was war hier eben passiert?

"Du solltest es sagen", sprach Piotryr unvermittelt, die Hände weiterhin im roten Sand vergraben. Er schaute nicht einmal auf. Serlach erschauderte. Sie wusste, wovon er sprach, aber nicht, woher er das wissen sollte.

"Woher-?", setzte sie auf dem Weg zu ihm an, doch als Piotryr den Kopf hob und rote Augen daraus leuchteten, erschrak sie so sehr, dass sie rücklings stolperte. Der Anblick war unerwartet, aber keinesfalls schauderhaft. Die Farbe von Rubinen hatten Piotryrs einst eisblaue Augenfarbe verdrängt. Sein Blick sah nicht mehr kühl aus, sondern vielmehr sanft. Jusev hatte Piotryr erreicht. Er spürte eine ungeahnte, nie zuvor gekannte Angst, dass dem ihm anvertrauten, besonderen Jungen etwas geschehen sein könnte. Die Aufnahme lief weiterhin und zeichnete neben den sanften rubinfarbenen Augen des Jungen, vor allem auch die Überraschung des ArtMinds auf, der die letzten 2 Minuten und 33 Sekunden nicht hatte vorausahnen, nicht hat berechnen können.

"Roter Sand", antwortete Piotryr schließlich. Er war glückselig. Bis auf seine Augenfarbe *schien* er unverändert. Doch Findra hatte sich verändert. Zwar waren ihre Augen dieselben, aber sie war still. Weniger freudig. Serlachs Fragen wurden immer drängender, denn sie konnte das Schweigen nicht länger ertragen. Eines Morgens fand Serlach statt Findra einen Zettel neben sich...

Ich weiß nicht, wie ich es in Worte fassen soll. Alles ist irgendwie neu. Ich sehe die Welt in einem anderen Licht. Und ich verstehe sie nicht. Für einen Moment war alles klar – aber nun ist die Klarheit nicht mehr da. Die einzige Klarheit die bleibt, ist, dass dieser Junge ganz und gar besonders zu sein scheint. Und dass sich hier haben unsere Herzen vereint.

Ich will dich weiter innig lieben, aber es ist, aber es ist, als würde ich Abstand wahren, um mich vor Schmerzen zu bewahren. Sie haben mich gewarnt, doch wer SIE sind, das habe ich vergessen. Nicht jedoch die Warnung – sie hat seither an meinem Vertrauen zu dir gefressen.

Und dann habe ich dein Leben vermessen. War wie besessen, habe alles über dich gesucht und bin nun darüber klug, worüber ich wurde gewarnt: in eineinhalb Monaten ist bereits dein letzter Tag. Warum hast du es mir nicht gesagt? Die Verzweiflung nagt. Tag ein, aber vor allem tagaus. Ich habe dich gerade erst gefunden. Meinen Sinn – meine Heimat. Ich wollte ein ganzes Leben – mit dir. Doch du bist bald nicht mehr hier. Du konntest dich darauf vorbereiten – aber mich willst du ins Unglück treiben?

Ich kann dir das nicht mehr sagen, nur schreiben – aber es wird für immer ein Schatten auf meinem Herzen bleiben. Ich will dir verzeihen, damit du glücklich gehen kannst, aber ich bleibe zurück... Im Elementertanz.

Hat man das Glück erst gefunden und geht es dann so plötzlich verloren, fühlt man sich wie zum Aufgeben geboren.

Serlach – ich liebe dich. Aber diese Verbindung zu diesem Wesen, war neben unserem Kurs das beste im Leben. Ich möchte das wieder spüren. Will ganz sein – nicht allein. Endlich wirklich frei ...

Deine
Findra

Serlach ließ den Zettel zu Boden fallen und lief zu Jusev und Piotryr

"Ich brauche eure Hilfe! Ich glaube Findra wird sich noch was antun!", rief sie aufgeregt. Jusev hielt das angesichts der frischen Verliebtheit und der Pheromone für unwahrscheinlich, doch entschied: für Analysen war jetzt kein Platz. Aber Jusevs Zögern reichte. Serlach sah betrübt zu Boden und rang nach Worten.

"Sie haben ihr dein Geheimnis verraten; du hast bald dein Lebensende erreicht", sagte Piotryr kaum hörbar in den Raum. Eilig standen sie auf und suchten Findra. Jusev hatte den anderen gegenüber den Vorteil, dass er über allerlei Sensoren verfügte die Gegend zu analysieren und er konnte trotz Sandsturm Findras unverwechselbare Biosignatur verfolgen. Doch Piotryr, der zweifelsohne nicht über diese Sensoren verfügte, überholte Jusev und stürmte vor. Er war auch derjenige der Findra im roten Sand sitzen fand.

Nie mehr allein

"Kannst du das wiederholen?", fragte Findra, als sie die drei näher kommen sah, an Piotryr gerichtet.

"Der Preis.", sagte Piotryr, aber es wirkte nicht wie die Stimme eines 10-jährigen Menschen. Seine Stimme klang schmerzvoll, dennoch kraftvoll und warm und sie war ziemlich tief. Jusev konnte die Stimme nicht mit der weiterhin normalen Biosignatur von Piotryr in Einklang bringen. Er wurde nervös. Aber Piotryr war es nicht. Er ließ sie ans Licht. Das war seine Entscheidung.

Findra sah aus ihren grünen Augen zu Piotryr auf und nickte.

"Was geht hier vor? Findra? Was für ein Preis? Wovon redet er?" Serlach verstand nichts mehr mit dem Kopf, aber ihre Herzen wussten, dass dieser Moment bedeutend war, ob sie es verstand oder nicht. Sie würde ihre Freundin verlieren.

"Es ist alles in Ordnung, Serlach. Du verstehst es vielleicht nicht. Ich auch nicht. Aber es ist in Ordnung. Du wolltest immer das Rätsel verstehen, vielleicht kann ich dir einen entscheidenden Hinweis geben. Ich will *ganz* sein. Endlich wirklich *ankommen*. Nicht mal die ArtMinds haben meine Zerrissenheit gespürt. Aber **SIE** schon. Du wirst immer ein Teil von mir sein. Aber von jetzt an, bin ich nie wieder allein".

"**NEIN**", schrie Serlach verzweifelt gegen den Wind. Doch als sich dieser etwas gelegt hatte, wurde die Siloutte von Findra verweht. Serlachs Augen füllten sich so schnell mit Wasser, sodass sie nichts mehr sah. Sie rannte zu der Stelle, an der Findra gesessen hatte und tastete den Sand ab. So, als hätte sie ihren größten Schatz verloren. Und so war es auch für sie in diesem Moment. Findra war weg. Übrig blieb nur der rote Sand, der in ihren Augen plötzlich nicht viel mehr war, als Dreck. Jusevs Sensoren spielten völlig verrückt. Laut ihnen war Findra überall um sie herum. Als wäre ein Schwarm Krogarnmücken um seinen Kopf, drehte er ihn in alle Richtungen und fuchtelte mit den Armen in der Luft. Piotryr kam zu ihm und hielt erst Jusevs rechte, dann linke Hand fest.

"Schhhh...", machte Piotryr, wie seine Mutter es bei ihm gemacht hatte, wenn alles für den Moment viel zu viel wurde. Er drückte Jusevs Hände fest und umarmte ihn dann. Das hatte ihm immer geholfen. Für einen Moment stiegen auch in seinen rubinroten Augen Tränen auf. Er vermisste Mama und Papa. Er wollte nicht eins werden mit diesem Planeten, der mindestens so sonderbar war, wie er. Dann ging er zu Serlach, die schluchzend auf den Knien im Sand zusammengebrochen war. Auch sie drückte er und nahm ihre Hände, während er ein beruhigendes "Schhhh.... alles wird gut", von sich gab. "Wenn deine Zeit abgelaufen ist, werdet ihr für immer zusammen sein. Aber vorher musst du das hier festhalten.", sagte Piotryr leise mit einer Mischung aus der tiefen, sanften Stimme und seiner zarten Kinderstimme. Danach schaute er zum Himmel: "Nicht für mich", sagte er und schüttelte den Kopf. Als er die Augen wieder öffnete erstrahlten sie in dem Eisblau vom Beginn der Reise.

LISA SMOLINSKI

Schreiben ist ein wahr gewordener Traum. Dieses Buch ist mein Traum, der jetzt lebendig ist. Als ich schreiben gelernt habe, hatte ich endlich eine Möglichkeit auszudrücken, was in meinem Kopf war und wofür ich zu schüchtern war, um es zu sagen. Schüchtern bin ich nicht mehr, aber es fällt mir weiterhin Worte zu finden, wenn ich sie aufschreibe. Wenn ich gerade nicht meine Träume wahr werden lassen, arbeite ich als Sozialpädagogin und Psychologin bei einem Bildungsträger, studiere im Master Psychologie, male und schreibe die 'Kirby-Geschichte' meines autistischen Sohnes auf - dieser hat übrigens den neurodivergenten Piotryr inspiriert. Geboren bin ich 1990 in Dresden, studierte Pädagogik Bachelor & Master an der TU Chemnitz und angelte mir einen der wenigen Kommilitonen, der heute mein Mann und liebevoller Papa meines Sohnes und ein großer Unterstützer ist. Ebenso wie meine Eltern!

Besucht micht auf meiner Website:

lisa-smolinski.de

Oder auch gern auf Instagram:

@lisa.smolinski

Außerdem freue ich mehr sehr über Deine Bewertung
bei Thalia, Amazon und Co.!